Geest-Verlag
Verlag für engagierte Literatur

Nahed Al Essa
ناهد العيسى

Vier tausend zwei hundert zwei und zwanzig Kilometer

Geschichten und Gedichte

Nachwort
von Ralph Köhnen

Nahed Al Essa
Vier tausend zwei hundert zwei
und zwanzig Kilometer
Geschichten und Gedichte
Nachwort
von Ralph Köhnen
Geest-Verlag, Visbek 2023

ISBN 978-3-86685-959-3

Verlag: Geest-Verlag
Marienburger Straße 10
49429 Visbek
Tel. 04445 3895913
info@geest-verlag.de
www.geest-verlag.de

Druck: Geest-Verlag

Printed in Germany

Inhalt

Kapitel 1
Damaskus als der Himmel frei war

8:00 Uhr, ein Tag im Jahr 2010 in Damaskus

Meine Nachbarin ruft mich, um unseren Kaffee zu trinken, sie ruft mich durch die Zimmerwand, die zu meinem Fenster führt. Ich antworte mit meiner kranken Stimme: „Ich fühle mich nicht gut."

Fünf Minuten später steht sie mit ihrem Kaffee und den Kaffeetassen vor meiner Tür, klopft und sagt: „Der Kaffee kommt zu dir, wenn du nicht kommen kannst."

Mit einem Eimer

Bei uns kann man von seinem Balkon aus mit einem Eimer und einem Seil einkaufen.

Mit dem Seil wird der Eimer mit dem Geld und einer Einkaufsliste zum Geschäft von oben nach unten geschickt. Einige Minuten später wird der Korb hochgezogen, voll mit allem, was in der Liste stand, ohne zusätzliche Kosten ...

Ich sehe euch gerade mit großen Augen und offenem Mund und ihr fragt euch: „Mit einem Eimer?“

Hier frisst das Warten an der Einkaufskasse viel Zeit, und dann muss man, hat man bezahlt und eingepackt, auch noch schnell verschwinden.

Das Leben könnte einfacher sein ...
Der Alltag könnte auch stressfrei geschafft werden ...
Wie ...?!
Dazu braucht man am Anfang vielleicht einen Eimer ... oder?

Der breite Hut

Der Gastgeber ist bei uns verantwortlich dafür, dass es den Gästen gut geht, vom Willkommenskaffee über das gemütliche Beisammensitzen und leckere Essen bis zum Abschiedskaffee.

Er trägt den Hut der Pflicht, die Gäste zu bespaßen, ihnen ab und zu Essen und Getränke anzubieten, das Angebot vier, fünf Mal zu wiederholen, denn es ist überwiegend bei uns üblich, beim ersten Angebot nein zu sagen (oder es abzulehnen), das ist so wie eine Prüfung der Gastfreundschaft und der Ernsthaftigkeit des Angebots!

Die kleinen Gäste, die natürlich keine Haftpflichtversicherung besitzen, dürfen fast überall im Haus spielen, ebenso immer wieder neue Spiele erfinden; dafür wird der Schminktisch im Schlafzimmer gebraucht, ebenso eine Pfanne oder das Hochzeitskleid der Gastgeberin!

Die Katastrophe tritt jedoch dann ein, wenn die kleinen Gäste Fußballspieler sind, dann dürfen sie überall hin schießen. Der Gastgeber muss mit einem Lächeln jeden Verlust hinnehmen. Wobei es keinerlei Versicherung gibt. Diese Pflicht vergrößert sich, sofern der Anlass der Einladung eine Hochzeit ist. Dann ist die Verantwortung ein breiter Hut, der nicht zu jedem Kopf passen kann.

Die Pralinenschachtel

Auf die Rückseite der Pralinenschachtel schrieb ich den ersten Buchstaben meines Namens so klein, dass nur der, der ihn sucht, ihn sehen kann, bevor ich sie meiner Mutter gab, die damit zu einer kranken Nachbarin gehen wollte.

Die Nachbarin war wieder munter geworden und plante mit meiner Mutter, dass die beiden eine gemeinsame Bekannte besuchen, deren Sohn erfolgreich sein Abitur abgeschlossen hatte. Bei so einer Gelegenheit - wie kann man nur mit leeren Händen gratulieren!

Meiner Mutter reicht es zu sagen: „Gib mir bitte das Geschenk", damit ich aus dem Küchenschrank, wo sie die Schokoladenkisten lagerte, die sie auch als Geschenke zu fast jeder Gelegenheit bekommen hatte, eine Pralinenschachtel holte und sie meiner Mutter weitergab, nachdem ich dieses Mal die zwei ersten Buchstaben meines Namens auf die Rückseite der Packung geschrieben hatte. Und so schrieb ich jedes Mal einen Buchstaben mehr, bis ich auf eine meinen kompletten Namen geschrieben hatte.

Einige Wochen später bekam meine ältere Schwester ihr erstes Kind, unser erstes Enkelkind. Da waren wir alle bei ihr im Krankenhaus, als die Bekannte meiner Mutter und unsere treue Nachbarin hereinkamen, um meiner Mutter Liebe zu zeigen, indem sie die ersten Besucher waren. Natürlich mit vollen Händen! Wie kann man nur mit leeren Händen gratulieren!

Eine Pralinenschachtel trug jede der beiden Damen in einer farbigen durchsichtigen Tasche und sie legten sie auf das Bett meiner Schwester.

Ich nahm eine heraus und wollte sie öffnen und den Besuchern anbieten, als ich meinen Namen auf der Rückseite der Packung sah. Dann nahm ich schnell die zweite heraus, und ich fand ihn, den ersten Buchstaben meines Namens. Also drehen sich die Schokoladen-Kisten in einem Kreis, von einem Schrank zum anderen, von einer Hand zur nächsten Gelegenheit, ohne müde oder ungenießbar zu werden!

PS: Ich habe am Ende des Experiments alle Buchstaben wiederbekommen!

Parfüm

Diese Nächte, die vor jedem Fest sind, sind besonders, diese Nacht war eine von jenen. Das Opferfest stand vor der Tür, und wir gingen ständig shoppen. In dieser Nacht war der Mond voll und wundervoll. Mit einem Taxi fuhren wir zu einer Straße, die Al Salhia heißt. Wir wollten mit der Suche nach einem Parkplatz keine Zeit verschenken. Die Stadt war - wie der Mond - voll.

Wir hatten bereits alles gekauft, nur das Parfüm fehlte noch. Ich habe niemals eine Liste in der Hand beim Einkauf oder beim Shoppen. Auch hier in Deutschland habe ich noch nie eine Liste verwendet. Ich wurde in Deutschland gefragt, ob ich wirklich alles auf einmal kaufen könne. Ich antwortete: „Na ja, vielleicht beim zweiten oder dritten Mal!"

An einer Ecke der langen warmherzigen Straße liegt das Geschäft, das die Düfte nach den Wünschen der Kunden zusammenstellt. Mein Freund suchte mir die Marke aus, er testete es auf seiner Hand und reichte sie mir, um das Parfüm zu riechen. Ich roch die Liebe auf und von seiner Hand und stimmte der Auswahl zu.

Mit vielen Taschen befanden wir uns gegen drei Uhr morgens mit dem Taxi auf dem Rückweg ... Die ganze Zeit schauten wir in den Himmel, denn der Mond war immer noch voll, auch die Straßen. Wir waren ebenfalls voll ... komplett ... zusammen ... - keiner fehlte dem anderen.
Alle Taschen befanden sich an meiner Seite. Als wir ankamen, fanden wir das Parfüm nicht, wir hatten es tat-

sächlich im Taxi vergessen. Der Taxifahrer hat sich gewiss gefreut, doch wir haben uns noch mehr gefreut, da wir in dieser Nacht die ganze Geschichte noch einmal von Anfang an erleben durften.

Die Gassen in Damaskus

Die Gassen in Damaskus umarmen sich tags und nachts - wie die Liebespaare. Allerdings nehmen die Liebespaare sich heimlich in die Arme, wenn die Sonne untergeht, und sie schreiben Gedichte für den Mund, dem einzigen Zeugen der versteckten Liebe.

Die Luft in Damaskus riecht von 8 Uhr morgens bis circa 11 Uhr nach zwei einzigartigen Düften, nach frischem Brot und dem in diesem Moment frisch gekochten Kaffee. Diese Düfte sind offene Einladungen wie die Türen der Häuser, aus denen sie strömen. Offen wie die Herzen der Bewohner, aber auch offen wie die Wunden, die zu unserem Schicksal wurden.

Von circa 12 bis 15 Uhr riecht die Luft nach den köstlichen Gewürzen ... Der Weg zu dem Gewürzgeschäft ist auch eine Liebesgeschichte, da man keine Anschrift braucht, man läuft einfach nach dem dritten Sinn.

Apropos, wir haben in Damaskus keinen Postmann mehr. Falls heute jemand einen Brief bekommen soll, so wird dieser Brief erst in seinem zweiten Leben ankommen.

Die Häuser haben nur noch in den reichen Vierteln Nummern, an allen anderen Orten der Stadt haben die Straßen nur noch ihre Namen und ihre Mentalität. Niemand brauchte je ein Navi, nicht einmal ich, trotz meines schlechten Orientierungssinnes.

Ich frage mich, kann ich zukünftig das Gesicht meiner Stadt wiedererkennen oder wird es entstellt sein?

Von 2011 bis heute riecht mein Land nach den Schmerzen ... und den Ruinen. Tag und Nacht.

Meine Briefe schreibe ich jedoch weiter und hoffe auf den internationalen Postmann, der die neuen Adressen meiner Familie und meiner Freunde kennt, die inzwischen auf der ganzen Welt verstreut sind. Meine Hoffnung ist aber, ich kann sie ihnen irgendwann persönlich übergeben.

So lange verstecke ich sie, da wir in meinem Viertel in Damaskus keine Nummern auf unseren Häusern haben, nur ungezählte Geschichten.

Fahren Frauen in Syrien Fahrrad?

Als es 2016 in Damaskus auf einmal kein Benzin mehr zu kaufen gab, trafen die Menschen in meiner Stadt eine Entscheidung: Sie sagten „Nein“ zur Krise mitten im Krieg und fuhren mit Fahrrädern zur Arbeit, zur Uni, zu Freunden. Das Leben sollte weitergehen. Die Straßen von Damaskus waren auf einmal voller Fahrräder.

Frauen und Männer, die ihre Räder vorher nur sehr selten herausgeholt hatten, nutzten sie nun als Verkehrsmittel, und wer kein Fahrrad hatte, besorgte sich eins. Es war außerdem einfacher, mit dem Fahrrad durch die Kontrollpunkte zu kommen, als mit dem Auto. Das alles passierte, als ich schon in Deutschland war, ich hörte nur von meinen Freunden davon und sah Fotos. Meine Erinnerungen an Damaskus sind ganz andere.

Wer zu meiner Zeit mit dem Fahrrad durch Damaskus fuhr, war entweder extrem sportlich oder arm. Alle meine Freunde in Damaskus konnten aber mit dem Fahrrad fahren. Manchmal fuhren wir am Wochenende ans Meer. Dort haben wir immer Fahrräder gemietet. Damaskus ist eine große Stadt mit vielen Autos. Fahrradwege gab es nicht, und in den engen, vollen Gassen der Altstadt war es schon als Fußgängerin schwer durchzukommen. Vor allem aber fanden wir es deutlich komfortabler und schicker, mit dem Auto zu fahren. Je größer und teurer das Auto, desto besser!

Wegen eines Autos hätte ich sogar beinahe meine eigene Hochzeit platzen lassen! Für die Fahrt vom Friseur zur Hochzeitsfeier hatte ich mir einen Nissan Infiniti ausgesucht. Doch ich wurde von einem anderen Auto abgeholt und war empört. Meine Mutter sagte zu mir: „Hab einen großen Kopf! Du bist kein kleines Mädchen mehr." So ging ich zu Fuß zu meiner Hochzeit. Vielleicht hätte ich auch mit einem Fahrrad dorthin fahren können ... vielleicht hätte ich dann mehr Glück gehabt.

Das Fahrradfahren lernte ich während eines Sommerurlaubs in der kleineren Stadt Daraa. Ich muss etwa acht Jahre alt gewesen sein und verbrachte jeden Tag mit meinen Cousins und Cousinen draußen. Es gab breite Straßen, wenige Autos. Jeden Tag fuhren wir Fahrrad und spielten Fußball.

In Deutschland lebte ich zuerst in der kleinen Stadt Parchim in Mecklenburg-Vorpommern. Von der Unterkunft aus fuhren wir in einer kleinen Gruppe jeden Morgen 20 Minuten mit dem Fahrrad zu unserem Deutschkurs und 20 Minuten wieder zurück. Einmal stürzte ich dabei und verlor ein kleines Stück eines Zahns. Trotzdem fuhr ich weiter zu meinem Deutschkurs. „An deiner Stelle wäre ich gleich zurück nach Hause gefahren, zurück nach Damaskus!", sagte mein Bruder später am Telefon zu mir. Doch meine Zielstrebigkeit hinderte mich daran, meine treue Begleiterin, die mich leben lässt.

In Bochum haben wir nun drei Fahrräder: für meine beiden Kinder (7 und 9 Jahre) und mich. Leider wohnen wir an einem Berg und nutzen auch hier die Räder eher am Wochenende für Ausflüge. Aber der Moment, als ich sie beide allein losfahren sah, ohne meine Hand an ihrem Rücken (ach, ich hatte solche Rückenschmerzen vom

Festhalten!), wie stolz sie gestrahlt haben, das war einer der schönsten Momente in meinem Leben.

Als ich ein Schmetterling war

Ich war ein fertiger Mensch damals. Ich hatte einen Beruf, eine Familie, Freunde, Nachbarn und ein Zuhause. Ein echtes Zuhause! Das Dach gehörte mir, es war echt, nicht ausgeliehen. Die Zeit bewegte sich anders. Für mich hatte das Leben damals wenig mit Stress zu tun, mehr mit Genuss. Wie ein Schmetterling flog ich von einer Rose zur nächsten. Die Rosen, das waren meine Tätigkeiten im Alltag. Um von links nach rechts zu fahren oder um meine Richtung zu ändern, brauchte ich keinen Schulterblick. Dies alles war, als der Himmel noch frei war, als es noch viele Schmetterlinge gab.

Das Wort „Problem“ hatte eine andere Bedeutung.

Ein Problem war damals für mich, wenn ich keinen Lippenstift in meiner Lieblingsfarbe finden konnte. Wenn ich zu spät ins Theater kam und die besten Plätze deshalb bereits belegt waren. Wenn ich am Meer war und sich plötzlich meine Allergie bemerkbar machte. Großes Glück, das bestand damals zum Beispiel darin, im Herzen von Damaskus einen Parkplatz zu finden. Als das Herz von Damaskus noch schlug.

So belanglos sind diese Dinge angesichts meines Kummers heute. Wenn ich zurückdenke, wünsche ich mir jede einzelne Sorge von damals zurück. Ich möchte wieder dieses „Ich“ sein, diese Person, die das Wort „Problem“ so leichtfüßig definierte!

Dieses Ich kam nach Deutschland und erfährt das neue Leben wie eine eisig kalte Dusche. Kaltes Wasser ist gesund, natürlich, vor allem wenn man vor dem Feuer flieht.

Aber das kalte Wasser wollte gar nicht aufhören zu fließen, als sei der Hahn kaputt. Jetzt langsam wird das Wasser wärmer, oder meine Nerven sind stärker geworden. Meine Haut scheut nicht mehr davor zurück.

Ich, das ist der Mensch, der seit zwei Jahren und sieben Monaten hier ist, 4.000 Kilometer weit entfernt vom geselligen Leben mit den Menschen in meinem Umfeld, meiner Spontaneität, meinen alten „Sörgchen" und von meiner Liebe ... 4.000 Kilometer liegen zwischen mir und der Person, die wie ein Schmetterling war. Meine Flügel sind schwer geworden. Aber ich achte weiter auf ihre Farben und selbst auf die Farbe meines Lippenstiftes.

Als ich zuletzt mit meiner besten Freundin aus meinem alten Leben telefonierte, sagte sie: „Du bist anders geworden, du sprichst wie nach einem Plan, sortierst die Themen. Vorher sprachen wir über alles durcheinander, wie es gerade kam, in unserer eigenen Würze, das hat mir immer gut geschmeckt. Ach, könnten wir die Themen wieder anrühren, wie früher ...! Hast du auch für unsere Freundschaft einen Plan?"

Ich sagte ihr, dass ich mir Mühe geben wolle, mein altes Ich wiederzubekommen ... und dann würde ich sie anrufen. Sie wartet auf meinen Anruf. Ich werfe einen Blick zurück über meine Schulter und warte, was kommt.

Die fünf Gebote

Das erste Gebot

Eine alte Freundin sagte mir: „Du bist eine Dame aus Seide und Feuer. Achte darauf und bleib so ein einzigartiges Mosaik.“

Könntet Ihr ihr sagen, mein Feuer habe meine feine Seide in Brand gesetzt.

Das zweite Gebot

Meine Mutter sagte mir: „Klammere dich an deine Träume, wie der Jasmin sich an die älteren farblosen Wände klammert und sie verfärbt. Der Jasmin ist die himmlische Kunst, die nur hier wachsen kann. Aber du bist die Kunst, die überall wachsen kann.“

Könntet Ihr meiner Mutter bitte sagen, ich werde meine Träume immer behalten, die größer als ich geworden sind, aber das blumenreiche Bild, das meine Mutter zeichnete, werde ich nicht mehr sehen ...

Ich versuche, woanders aufzuwachsen.

Das dritte Gebot

Mein Freund hat mir damals mein Lächeln ans Herz gelegt. Sagt Ihr ihm bitte, mein Lächeln ist immer noch da, aber ich bin dort ... Dem Lächeln geht es gut, aber mir ohne ihn nicht.

Das Lächeln verlässt mich noch nicht, aber ich habe ihn bereits verlassen ...

Das vierte Gebot

Mein Vater hat mir geraten, ich solle nie zu schreiben aufhören. Und er sagte: „Ich werde dich und deine Texte immer lesen wollen."

Könntet Ihr ihm berichten, dass ich weiterschreibe, sogar von links nach rechts, in einer Sprache, die er leider oder zum Glück nicht erleben musste.

Das fünfte Gebot

Eine Freundin hat mir empfohlen, warte niemals auf niemanden, danach ist sie umgesiedelt.
Sie ist weder zurückgekommen, noch hab ich auf sie gewartet. Wir haben uns verloren.

Könntet Ihr ihr berichten, dass ich ihre Gebote ganz genau befolgt habe.

Du gehörst dazu

Ich war 21 Jahre alt, als ich meinen Führerschein in Damaskus gemacht habe. Ich meldete mich in einer Fahrschule an, lernte täglich am Nachmittag Theorie, Praxis und Mechanik. Mein Theorie-Lehrer war nett, und zum Abschluss des Kurses habe ich ein Gedicht geschrieben, das auf Deutsch übersetzt ungefähr so ging:

Vorher hatte ich nie in den Spiegel geschaut,
um meine Schönheit weiß ich auch so.
Kreise mag ich nicht gerne,
da sie mich an mein Schicksal erinnern.
Ich sehe nicht gerne zurück,
kann nur nach vorne schauen.
Mein Leben lang bin ich damit gut gefahren,
aber nun brauche ich einen Führerschein.

Zum Glück schaffte ich beide Prüfungen in drei Wochen (obwohl mir das Auto bei der praktischen Prüfung einmal ausgegangen ist). Aber ich hatte die Gebete meiner Mutter bei mir, mein Gedicht und das Glück ...

Diese Führerscheinprüfung gab mir in meinem Leben viel Freiheit, und ich hätte nie gedacht, dass ich sie in meinem Leben noch einmal wiederholen müsste ... in einem anderen Land, in einer anderen Sprache. Während ich diesen Text schreibe, habe ich die deutsche Theorieprüfung bereits in der Tasche. Fehlerfrei bestanden. Aber allein dafür habe ich einen ganzen Monat gebraucht. Wenn dieser Text erscheint, werde ich möglicherweise bereits meine praktische Prüfung bestanden haben. Ich hoffe das sehr.

Von einer Freundin aus Syrien, die zwei Jahre nach mir ihre Führerscheinprüfung bei der gleichen Schule machte, erfuhr ich übrigens, dass der Lehrer mein Gedicht aufbewahrt hatte. Als Zeichen des Grußes gab er ihr den Zettel mit dem Gedicht für mich mit. Mit einer kurzen Notiz am Ende: „Einige Menschen werden nicht vergessen, du gehörst dazu." So ein Glück.

Zeitfrage

Der Stundenplan nennt sich bei uns Wochenplan. Hauptsächlich gibt es den Plan.

Das Studium wird bei uns in Jahren gerechnet, nie aber werden die Studienstunden gezählt. Bei der Anerkennung meiner Zeugnisse wurde ich nach der Zahl der Stunden meines Studiums gefragt, hätte ich in Damaskus danach gefragt, hätten sie verständnislos geschaut.

Die Minuten werden ganz selten erwähnt.

Circa, ungefähr, gegen, etwa ... sind bei unseren Terminvereinbarungen sehr beliebt.

Das Kleid unserer Damaszener Zeit ist sehr breit.

In Deutschland bin ich schwer begeistert von der Wertschätzung der Zeit.

Das deutsche Kleid hat mir gut gefallen, das würde ich gelegentlich gern anhaben, allerdings mit dem syrischen Zubehör ... circa, gegen, etwa, ungefähr.

Das letzte Mal

Fast jeder erinnert sich daran,
etwas zum ersten Mal gemacht zu haben,
das erste Mal von allem ...
Ich jedoch erinnere mich äußerst gut
an das letzte Mal.
Der letzte Schluck meines Kaffees,
des Wassers.
Überhaupt der letzte Moment,
und wie der Himmel war.
Die letzte Geburtstagsparty,
wie viele Kerzen ausgeblasen wurden,
was ich angezogen hatte,
wie das Restaurant hieß,
der Weg dorthin,
die Musik.
Alles war schön geplant.
Ich wusste schon,
dass es der letzte Happy Birthday dort sein würde.
Der letzte Tag dort.
Ich weiß genau,
wie viel Grad wir hatten,
wie stark die Sonne war.
Der letzte Kuss
von der Sonne.

Die letzte Straße,
in der ich mit meinem Freund lief,
ohne Ziel.
Ich wollte von jedem Viertel Abschied nehmen.
Aber die Zeit war fast um.
Ich konnte kaum zum letzten Mal tanzen.
Ja, tanzen!
Meine Nachbarn und Freunde gaben sich viel Mühe,
mir eine Abschiedsparty zu geben,
und ich gab ihnen viel Fröhlichkeit,
zum letzten Mal.
Sie haben ein schönes Bild von mir
in ihren Erinnerungen aufrechterhalten, wie ich auch.
Mein Lächeln und meine Mimik versteckten alles.
Das Lied, das mein Bruder extra für mich gesungen hat ...
Die Worte des Liedes sagten, was er sagen wollte, und zwar:

„Meine Schwester! Bleib hier!“
Das ignorierte ich aber.
Die letzte Nacht mit meinen Kindern dort ...
Gefühllos wie ein Stein musste ich sein.
Als ich einer Freundin sagte,
dass diese Stunde die letzte in Damaskus sein würde,
bat sie mich: „Sag so etwas nie wieder!“
Das war ihre letzte Bitte.
Der Countdown begann schon.
Ich musste noch vieles zum letzten Mal tun.

Der Tag, der 24. August 2015,
teilte mein Leben in zwei Sphären.
Es ist ein Vorher und ein Nachher geworden.
Die letzte Person,
die mir den Rucksack gab
und wie schwer meine Last war,
genauso schwer wie mein kommendes Heimweh.
Der letzte Blick auf meine Tür,
dann wurde sie geschlossen.
Die letzte SMS, die letzte Whats-App-Nachricht,
der letzte Anruf
auf meine Nummer dort.
Das letzte Gesicht,
die Augen, der Geruch.
Die letzte Hand stieß mich nach vorne.
Das letzte Leben.
Ich erlaubte mir nicht,
nach hinten zu schauen,
nur nach vorne.

Dort wartet die Freiheit auf uns,
der Frieden,
die Sicherheit.
Alles andere war unbekannt,
ein großes Fragezeichen.
Vom Fenster des Flugzeugs aus
sah ich auf mein Damaskus,
bis ich sie nicht mehr sehen konnte, meine Stadt.
Wisst ihr, was das heißt: das letzte Mal?

März 2010, 21.00 Uhr, Damaskus

Ich stehe an einem anderen Fenster, mein Fenster blickt von zwei Seiten zur Straße, die erste Seite blickt zur kleinen Straße: Da steht ein Fünfzehnjähriger mit seinem Mitschüler an der Tür seiner Wohnung, sie lösen gerade gemeinsam die Hausaufgaben.

Auf einer Terrasse raucht ein anderer Wasserpfeife und hört Musik, wir alle hören seine Musik, das haben wir im Wechsel geplant, dass er uns nach seinem Geschmack abends etwas mithören lässt, während ich morgens den Einsatz übernehme.

Ein Händler, der gekochten Mais verkauft, ruft mit einer lauten Stimme, seine Stimme ist seine Werbung. Dann werden die Türen geöffnet und der Verkäufer streut das Salz auf den Mais, gleichzeitig rechnet er, nimmt das Geld und gibt das Wechselgeld den Kunden zurück, es kommen immer mehr Kunden, die sich um seinen Wagen herum versammeln ...

Kapitel 2
Mit dem Schlauchboot

Die ungarische Grenze, September 2015

In dem Maisfeld sammle ich meine restliche Kraft, gleichzeitig rechne ich meine restlichen Möglichkeiten hoch, rufe alle Gerechtigkeiten der Welt ... des Himmels ... und streue die Hoffnung auf meinen Weg ... hier in einem anderen Kontinent so weit entfernt von dem Maiswagen und dem Händler in meinem ersten Leben ...

Ich gehöre zu einer großen Familie. Ich habe sieben Geschwister, und vor dem Krieg hatte ich sogar acht.

Wie allein ich bin

Wie allein ich bin,
in diesem Moment erst habe ich das gespürt.
Vielleicht war ich noch nie so allein.
Vielleicht war es noch nie so stark,
das Gefühl,
wie in diesem Moment,
in dem ich im Schlauchboot saß.

Jeder hielt die Hand eines anderen,
sie ruhten aufeinander,
unterstützten einander,
lehnten aneinander,
ihre Herzen schlugen füreinander,
mein Herz war allein.

Als die Piraten kamen, mitten auf dem Meer,
als sie unseren Motor nahmen,
schaukelten wir auf dem offenen Meer
zwischen zwei Ufern,
die wir nicht mehr sehen konnten,
aber jeder hatte Augen,
die auf ihn schauten,
nur mich sah niemand.

Als das Boot zu sinken begann,
versank ich in meiner Vergangenheit,
um der Gegenwart zu entfliehen.
Meinen Rucksack hielt ich so fest,
als könnte ich mich in ihm verstecken.
Er war das Einzige, das zu mir gehörte,
der einzige Hinweis auf meine vorherige Existenz.

Als das Boot zu sinken begann,
griff ich nach einem Ruder,
als wäre dieses Ruder meine gesamte Familie.
Mit geschlossenen Augen
hörte ich die Stimme meiner Mutter,
spürte ihre Wärme.

Die Wellen trugen uns zurück zum Startpunkt,
wir mussten wieder von vorne starten,
noch ein Versuch,
noch einmal Kraft,
noch einmal Hoffnung.

Jeder hielt die Hand eines anderen,
sie ruhten aufeinander,
unterstützten einander,
lehnten aneinander,
ihre Herzen schlugen füreinander,
meines war allein.

Bevor wir erneut aufs Meer fuhren,
verbrachten wir eine weitere Nacht im Wald,
zwischen meinem Traum und mir
stand das riesige Meer
und eine Hoffnung,
die immer kleiner wurde.

Als wir endlich das Ufer erreichten,
fand ich mich allein
auf einer Bank.
Eine weitere kalte Nacht in der Fremde –
und ich in ihr.

Ich schloss meine Augen,
nahm mich in die Arme.
Da wusste ich, wie allein ich bin.

Der fremde Mantel

Jedes Mal, wenn die Kälte mich erfasst, denke ich an den fremden Mantel am Strand der Flucht, den ich von einem Mann, der neben mir lag, bekam. Er hat meinen Herzschlag gehört, die Kälte sowie die Liebe beschleunigten unseren Herzschlag.

Als der Himmel mein Dach und der Sand mein Bett waren, hat der Fremde mir das Wärmegefühl geschenkt. Als meine Lippen hellblau geworden waren, sagte er „Wir – die Männer – können die Kälte länger ertragen", und gab mir den Mantel.

In acht Schlauchbooten fuhren wir zum anderen Ufer, sieben Boote kamen an, eines kam im Jenseits an. Das ganze Boot mit den Träumen der Fahrgäste, der Flüchtlinge, ist im salzigen Wasser gelandet, für ewig verschwunden.

Seitdem meine Träume und ich gerettet wurden, denke ich daran, ob die Männer die Untreue des Meeres auch besser aushalten können, dann sollte der Fremde überlebt haben.

Ich hoffe es sehr.

Ich hatte den fremden Mantel an, bis ich ihn an der serbischen Grenze einem Kind weitergeschenkt habe. „Wir können die Kälte länger ertragen", sagte ich.

Das Kind fragte: „Wer seid ihr?" Ich antwortete: „Wir sind die, die nicht ertrunken sind."

Für die Seele eines jeden Anonymen lese ich diese Geschichte vor.

Mein Rucksack

Mein Fluchtrucksack hat nach dem Kauf eine andere Bedeutung bekommen, seit ich ihn bei einem Händler auf einem besonderen Fachmarkt, auf dem nur Koffer, Taschen, Schultaschen und Rucksäcke angeboten wurden, gekauft hatte. Dort, wo ich damals mit meinen Eltern die Tornister für meine Schulzeit immer aussuchte, danach die Schultertasche für mein Studium und später für meine Arbeit die Koffer für die Geräte. Mein Vater wählte eine sehr gute Marke aus und sagte: „Du bist jetzt in der Arbeit, die Geräte für die Physiotherapie sind schwer, von daher benötigst du dafür starke Schultern und einen guten Koffer. Ich kümmere mich um diese beiden Voraussetzungen, und du wirst mich wie immer überraschen mit deiner inneren Stärke."

Der Koffer für meine Arbeit lebte, bis ich ihn in meiner Wohnung zurücklassen musste. Nachher haben wir nichts mehr voneinander gehört.

Mein Vater ist an einer Krankheit in der Fremde gestorben. Seitdem kann ich ihn leider nicht mehr überraschen. Aber vielleicht seine Seele.

Ich freue mich riesig, dass der Fachmarkt unzerstört geblieben ist, er wurde von der Kriegsmaschinerie nicht getroffen. Das ist mir ein großer Trost. Ich lasse mir gelegentlich von Google die Fotos dieses Marktes zeigen.

„Der Rucksack ist wasserdicht, leicht und schützt seine Bewohner", sagte der Verkäufer, dann begann ich mit ihm zu handeln, das ist tatsächlich ein kleines Hobby und macht mir Spaß. Anschließend gab er auf, und ich hatte gewonnen.

Der Rucksack ist heil geblieben. Als die Bootsfreunde ihre Rucksäcke ins Wasser werfen sollten, um unser Boot leicht und stabil zu halten, warf ich alles, was drin war, ins Wasser, aber nicht meinen Rucksack.

Die türkischen Fischer hatten in dieser Zeit etwas anders zu fischen als Fische, und zwar die geworfenen Rucksäcke, das Eigentum der Flüchtlinge.

Jetzt verstand ich den Verkäufer, mir einen wasserdichten Rucksack anzubieten und die Kunden davon zu überzeugen.

Das Warten

Bei jedem Warten denke ich immer wieder daran.
Wie viele Male die Blätter der Bäume sich gefärbt haben.
Wie lange blieb das Obst reif und wartete auf eine Hand, die es vom Runterfallen retten konnte oder gerettet hat.
Wie groß sie geworden sind – wie viele neue Zentimeter sie zugenommen haben.

Das Warten hat auch meine Haare zu grau gefärbt. Wobei es immer noch Frühling ist.

Im Flughafen beobachtete ich das Display mit Tausenden Augen ... mit den Augen meiner Seele ... wartete auf meine Seele ... wartete auf meine teuersten vier Augen. In einer Hand trug ich viele Ballons. In der zweiten Hand trug ich mein Herz. Der ganze Flughafen hörte seinen Schlag. Ich träumte von der Szene ihres Ankommens seit einem Jahr, einem Monat und zwölf Tagen. Es war uns eine lange, harte, eiserne Zeit. Als wir uns verabschiedet hatten, waren sie sehr tapfer, ich hatte befürchtet, ihre Gesichter zu vergessen. Meine Kinder.

Ich hatte in ihrer Unwissenheit die neue Sprache fleißig gelernt, um ihnen die Fremde zu erklären. Später sagte mir meine Tochter, ich hätte schon eine neue Zunge und zwei Stimmen.

Endlich landete das Flugzeug in Düsseldorf, die beiden sind Hand in Hand in das neue Land gegangen.
Ich beobachte das Nichts, in das sie eintreten werden.
Die Ballons sind geflogen und mein Herz ist gelandet.

Ich hole meine Stimme und lass sie raus wie meine Tränen.
Ich prüfe ihre Mimik und Gestik. Ich messe ihre Größe mit meinen Fingern ...
Wir schleppen unser Vermissen, unsere wartenden Erzählungen und die Koffer, während die Menschen uns anschauen ... mitweinen.

Ein Reisender, der der nächste Nachbar meiner Kinder im Flugzeug war, fragte uns: „Seit wann habt ihr euch nicht gesehen?“ Da antwortete mein Sohn ihm: „Seit einem Jahr, einem Monat, 12 Tagen und 10 Stunden.“

Seitdem denke ich bei jedem Warten an die längste Wartezeit meines Lebens und den engsten Warteraum.

Kapitel 3
Das Leben von links nach rechts

Ein Kanal und ein Meer

Das Wasser kann wohl die Spuren aufrechterhalten, sodass die Versunkenen ihren Rückweg wiederfinden können. Die Erinnerungen der Scheidenden wandeln sich in Muscheln. Die Wellen tragen die Muscheln hin und her. Zu viele Erinnerungen stecken aber in der Gegenwart, das Vergessen ist manchmal eine Gnade.

Das sind dann die Trittspuren der Vorübergehenden, ihre letzte Wirkung und ihr letzter Blick nach hinten, hinter diesen Schritten stecken tausende Geschichten und eine gemeinsame Geschichte. Stecken Momente voller Hoffnung so wie andere lichtlos in der Dunkelheit vergingen. Die zahlreichen Träume der Vorübergehenden und ein Ziel. Am Ende des Weges war das Ziel doch eine Fata Morgana. Es konnte nie erreicht werden. Als sie dies jedoch feststellten, war es zu spät. Wobei einem stets ins Ohr geflüstert wird: „Es ist nie zu spät." Allerdings ist die Zeit relativ! Die ganze Beziehung zur Zeit ist sehr relativ.

Sie sind von hier aus umgesiedelt, in dieser Kirche zündeten sie die letzten Kerzen für den Frieden an, den du jetzt als selbstverständlich ansiehst und genießt. Für die reine Liebe, die Sterne in den Himmel streut, ebenso farbige Wolken in den Himmel zieht. Für das Ankommen, das sehr wahrscheinlich war und nicht jeder erleben konnte oder kann. Für eine Blume, die mit ihrem Durst in der Einsamkeit zurückgelassen wurde, die für ein langes Leben kämpfen musste, um zu überleben. Für die Wurzeln des Baums, der gegenüber der Kirche steht und nur nach oben sieht und sich sehnt. Ich frage mich, wie tief diese Wurzeln mit dem Boden verbunden sind. Wie kann es hier sein ohne diese Bank, die Kirche und dich. „Hier“ hat gewisse Elemente, ohne sie kann „hier“ dort sein!

Auf dieser Bank, genau hier, saßen sie, tranken das Wasser und liefen weiter auf ihm zu ihrem Ende.

Das Ende kann womöglich attraktiv sein, genauso war es bei ihnen.

Die Fußabdrücke versteinerten mit der relativ langen Zeit, das Warten kann ja vieles versteinern. Oder auch verflüssigen. Dieser kleine Kanal war damals eine Quelle, diese damalige Quelle war einst ein See, der historische See war zuvor ein Meer ... Das Meer hätte sich gewünscht, sich in einen Wasserfall umzuwandeln, der Wunsch wurde falsch vermittelt, daraus ist ein kleiner Kanal geworden. Wo du gerade sitzt.

Das Wasser läuft weiter im Gegensatz zu den starren Schritten.

Das Meer allerdings kann jede Spur ausradieren, die Ängste der Menschen, die es in sich hineinschaufelt, deren Gedächtnisse, deren Gesichter. Es kann die Briefe, die auf Sand geschrieben werden, ausradieren.

Das laufende, fließende Wasser ist durchsichtig, klar und läuft, ohne einmal daran zu denken, was es mitnahm, was es mittragen kann, was es hinterlässt, was passieren kann, falls es aufhört zu fließen. So wie viele Menschen, die sich entscheiden, damit aufzuhören, ihre Liebe festzuhalten, ihr verbieten, zu anderen Herzen zu fließen ... nachher presst die Reue ihre Herzen aus, das bitterste Gefühl ... die Reue.

Die Zeit, wie das vor deinen Augen laufende Wasser, geht lediglich in eine Einbahnstraße, Rückkehr ist unmöglich, wer anhält, verliert.

Hier auf dieser Bank saßen viele, manch einer konnte nie wieder zurückkommen, manch einer sitzt immer noch da, neben dir, die letzte Person allerdings bist du.

Genieße alles, was um dich herum ist ...

Das Lachen der Kinder, das sich spiegelnde Licht auf dem Wasser, die Sonne, falls sie unseren Himmel besucht, den Regen, wenn die Wolken großzügig sind, und meine Stimme, die bei jedem Wetter freigiebig in dein Ohr fließt. Die Zeit geht nur in eine Richtung, so wie das Wasser und die versteinerten Schritte ... nach vorne.

Wenn das Leben nach Erdbeeren schmeckt

Erdbeeren sind das Lieblingsobst meiner Kinder und mir.

Das ist tatsächlich kein Zufall, gleich werdet ihr feststellen, wie unser Leben mal nach den reifen, süßen, kleinen, roten Erdbeeren schmeckte und ebenfalls nach gelben, grünen, harten, genusslosen.

Auf dem Fluchtweg war mein Lieblingsobst bitter. Ich dachte, wenn ich diesen Weg lebensfähig überstehe, dann werde ich Erdbeeren anbauen, mich auf die Ernte freuen.

Ich werde wahrscheinlich kein eigenes Feld haben, aber ich kann doch in dem ganzen Land Erdbeeren pflanzen. So kann ich überall unser Obst ernten.

Unser Lieblingsobst hat uns immer gelehrt, dass schmackhafte Ergebnisse ihre Zeit brauchen.

Die dunklen Lichter

Ihre Miene verleiht ihr so ein Alter von Hunderten trauriger Jahre. Ihr Gesicht wurde in den letzten zwei Jahren von Falten angegriffen.

Der Weg, auf dem sie ihre Traurigkeit, ihre Erinnerungen noch hinter sich herschleppen muss, muss mitleiden, weinen. Unter ihren Schritten wachsen Dornen, sie geht weiter mit blutendem Herzen.

Das Husten ihres kranken Mannes ist der einzige Schweigenbrecher. Ihre Enkelkinder können nicht mehr laufen, ihre verwitwete Schwiegertochter schreit zitternd: „Wir haben uns verlaufen."

Die Kinder bekommen es mit, fangen an zu weinen, der sechsjährige Junge beruhigt seinen neunjährigen Bruder: „Wir sterben jetzt nicht, nicht wie unser Vater, sieh dich um, hier gibt's keine Hochhäuser, wo die Scharfschützen sich verstecken können, beruhig dich, mein Bruder, da werden wir nicht erschossen, wir sind nicht mehr dort." Die Oma: „Wir sind nirgendwo!"

Der Kleine kann selbst nicht wissen, wie viele Gesichter der Tod hat. Wie gut er sich verstellen kann. Er lernte nur das kriegerische Gesicht kennen. Nur! Das gruseligste.

„Durst kann uns umbringen, mein lieber Bruder! So eine Geschichte habe ich in einem Kinderbuch gelesen." Ihre Mutter unterbricht ihn: „Akku ist leer, wir laufen blind ohne Stock, nur noch zwei Flaschen Wasser. Wie weit wir von Jordanien entfernt sind, das weiß nur Gott."

Oma, Opa, Schwiegertochter, die beiden Enkelkinder und der Geist des verstorbenen Sohnes sitzen hoffnungslos, übermannt von Müdigkeit auf kalten Steinen, die keine Staatsangehörigkeit haben, sie sind genauso heimatlos wie die gerade vom Schicksal ausgesuchte Familie. Der Krieg schießt jede dieser Familien in eine Richtung, sie sind alle unterwegs auf der Welt, der Weg ist jedoch so lang, sieht endlos aus, kalt oder heiß, aber sehr unbekannt.

„Ich hasse die unverschämte Sonne, sie scheint weiter äußerst stark, trotz unseres Verlustes und Durstes. Die Sonne unserer Heimat war barmherziger!"

Die Tränen der Großeltern wandern schweigend auf ihre Wangen, während die Schwiegertochter versucht, mit einer leichten Decke ihren Kindern Schatten zu spenden. Die Sonne geht langsam auf, und mit ihr steigt die Kraft aller, die beschlossen haben, die Nacht hier zwischen der Heimat und der gesuchten Sicherheit zu verbringen.

Als die Sonne untergeht, werden die Lichter an der jordanischen Grenze sichtbar.

Der Opa überlegt, ob er nicht lieber wieder dahin zurückgehen soll, wo das Grab seines dreißigjährigen Sohnes liegt und wo sich sein Mörder noch tummelt. Er fragt sich, ob der Grabmacher das Grab einen Spalt offen gelassen hat, denn der junge Mann, sein Sohn, hatte Asthma gehabt, konnte schlecht schlafen, ohne das Fenster gekippt zu lassen. Er beschließt: „Ich muss zurück, ich muss erst mal das Fenster des Grabes kippen, dann komme ich euch nach."

Die Lichter entfernen sich immer weiter und werden immer dunkler!

Der blonde Kontinent

Man soll nur einen Fuß auf den Boden Europas setzen, dann erhält man gleich drei Schlüssel als Geschenk: einen für die Arbeit, einen für das modernste Auto und einen für das Haus, in dessen Garten ein junger Baum steht, auf dessen Zweigen verschiedene Geldscheine wachsen. Zwanziger, Fünfziger und sogar Hunderter. Ein Hausmeister ist lediglich dafür angestellt, um den Baum zu pflegen und um das Gehalt immer pünktlich zu ernten!

Um den Fuß aber auf der anderen Seite der Welt zu haben, bezahlen viele einen hohen Preis, der sogar das Leben sein kann. Es ist ein Traum von vielen, in dem friedlichen, blumenreichen Kontinent zu leben. Das Mittelmeer nach Europa zu überqueren, ist mittlerweile der normale Weg geworden. Wenn ein Geflüchteter gefragt wird, wie er hierhin gekommen sei, dann kommt die Antwort: „Über den normalen Weg." Der Weg ist jedoch nicht normal: Er ist gefährlich, unsicher, stachelig und unmenschlich.

Europa ist dann schließlich der sichere Hafen, der blonde Kontinent, der mit den farbigen Augen und der zauberhaften Stimme, die von Frieden, Sicherheit, Fortschritt und Menschlichkeit singt, die so attraktiv ist. Daher wird zu ihm gerannt, ohne Flügel geflogen, ohne Flossen und Kiemen geschwommen, und auch das Leben wird für ihn gelassen. Für mich war es auch ein Traum, dort zu sein. Ich bin heute hier und genieße die

Freiheit, die selbstverständlich überall auf der Welt genossen werden sollte.

Grenzenlos, respektvoll, gezielt und spannungsvoll ist mein europäisches Leben. Ich schaue aber nicht aus dem Fenster eines Hauses, mit einer Kaffeetasse in der Hand, wie ich damals von dem europäischen Leben las und es in Filmen sah, sondern ich trinke meinen Kaffee meistens „to go“!

Über das Mittelmeer trug ich meine Träume, meine Seele, meine Erinnerungen und mein ganzes Leben in meinem Rucksack. Ich ließ meine Kinder, meine geliebte Stadt und mein geselliges Leben allein im Krieg zurück. Ich riskierte wie Millionen von anderen alles und öffnete mein Herz für den blonden Kontinent. Mit einem Schlauchboot und Glück im Gepäck kam ich nach Europa.

Ich kam an, ich kam wirklich an, von dem Märchen von den drei Schlüsseln habe ich jedoch nichts gesehen. Allerdings schreibe ich nun meine eigenen Märchen: Es war einmal eine Frieden-Suchende, die nach Europa kam und die Suche nach den sogenannten drei Schlüsseln begann. So fand sie auch einen Schlüssel nach dem anderen, sodass sie statt der drei Schlüssel nun drei Jobs gleichzeitig ausübt.

Die Enttäuschung wartet natürlich auf alle, die an das Schlüsselmärchen glauben.

Es war einmal, oder besser, es ist einmal ein blonder, hübscher, friedlicher Kontinent, der sich Europa nennt.

8:00 Uhr, ein Tag des Jahres 2017 in Bochum

Ich habe keine Lust, meinen Kaffee allein zu trinken, aber ich bekomme auch bei meiner Nachbarin, die ich immer noch sieze, erst in drei Tagen einen Termin zum Kaffeetrinken.

März 2018, 21:00 Uhr, Bochum Linden

Ich stehe an meinem Fenster, die Mitarbeiter vom Netto machen eilig zu. Nun haben sie Feierabend, und die Straßen haben auch Feierabend, und sie werden auch ins Bett gehen.

Niemand klopft an meine Tür

Mein Handy klingelt,
immer wieder.
Alle gratulieren mir,
meine ganze Familie, meine Freunde,
Skype, Whats App, facebook,
alle sind da.
Doch meine Tür bleibt still,
niemand klopft an meine Tür.
Die Party hat begonnen, wie gewöhnlich,
wie jedes Jahr,
aber wir feiern über Social Media.
Das ist auch toll.
Andere können gar nicht feiern,
sie haben keinen Grund mehr zum Feiern,
sie atmen nur noch.
Aber reicht das, um die Jahre zu zählen
und ein neues Jahr in Empfang zu nehmen?
Die Hände, die Blumen, der Kuchen, die Nähe
sind nicht hier,
oder ich bin nicht dort.
Es ist der 11. August, mein Geburtstag.
Das Handy klingelt,
Nachrichten voller Glückwünsche.
Aber meine Tür ist in einer anderen Welt,
an ihr wird nicht geklingelt,
nicht geklopft.

Ich vermisse es

Ich vermisse es, von einer menschlichen Stimme aufgeweckt zu werden.
Nicht von dem Lärm des Alarms meines Weckers.

Ich vermisse es, dass an meiner Tür ohne verabredete Zeit geklopft wird.
Allerdings nicht von dem Postmann,
vielleicht ... von einem anderen ...!!

Ich vermisse es, mein Auto anzumachen ...
ohne das Navi Gerät einzuschalten.
Irgendwohin zu fahren,
wo ich mich bedenkenlos auskenne ...
Wo die Namen der Straßen mir was sagen können ...
Wo die Straßen mich kennen.

Ich vermisse es, das Radio anzumachen,
ohne das Wörterbuch in meinem Kopf aufzuschlagen.

Ich vermisse es, die Gesichter meiner entfernten Familie
ohne Internetverbindung und Bildschirm zu sehen ...,
mit ihren Augen zu reden
und nicht lediglich von der virtuellen Welt zu leben.

Ich vermisse es, eine meiner Freundinnen
zufällig treffen zu können.
Während ich hier einsam bin.

Ich vermisse zwar vieles,
aber nach wie vor vermisse ich auch dich.

Herbsttanz

Das letzte Blatt auf dem Zweig war einsam.
Es hat sich überlegt,
ob es bis zum nächsten Frühling warten soll,
der Wind hat jedoch die Entscheidung bereits gefällt.
Dem Baum soll kalt sein, denn er ist ganz nackt.
Den Blättern soll es besser gehen.
Denn sie haben die letzte Luft aufgegeben.
Das Sterben sei ja gefühllos.
Der Wind hat in dieser Jahreszeit die Macht.
Er weht oder nicht.
Nimmt vieles oder weniges mit,
Alter, Träume, Erwartungen,
Blätter, Abschiede, Worte und Vorstellungen,
Feste, Termine, Menschen und Erinnerungen.
Er bringt genauso vieles oder weniges Neues,
Trauer, Treffen,
Hoffnungen.
Öffnet Türen (die nur wegen seiner Stärke geöffnet werden)
und bringt Ideen.
Der Wind lädt das letzte Blatt auf dem Baum
zum Tanzen ein.
Es glaubt ihm.
Verliert seinen Zweig, um bei den anderen zu sein.
Um den Herbsttanz zu erleben.

Es ist Weihnachten

Die Straßen sind bereits geschmückt.
Auch die Schaufenster sind schon
weihnachtlich beleuchtet.
Aber was ist mit den Herzen?
Wer könnte uns von innen schmücken ...
Alles muss glänzend sein ... so glänzend wie möglich ...
Es ist Weihnachten.

Mit Lichtgeschwindigkeit muss die Helligkeit
in uns angeschaltet werden ...
Wir brauchen es, in einer strahlenden Welt zu leben,
aber nicht nur an Weihnachten ...

Nikolaus ... such uns,
Nikolaus ... komm zu uns,
Bring keine Geschenke mit ...
Wir genießen die Schokolade nicht mehr.
Nur trag den Rest der Trauer von unseren Seelen ...
Das wären unsere Wünsche ...

Weihnachtsbaum ... komm mit starken, grünen Zweigen ...
Vergiss nicht,
die Kinder würden Freude an dich hängen ...
und heimlich Enttäuschung ...
wenn du wieder gehst ...
Tausch die Enttäuschung gegen die Hoffnung aus,
genauso wie die Weihnachtsgeschenke
umgetauscht werden.

Falls nach der Quittung gefragt würde,
könntest du ruhig antworten:
„Die Rechnung ist unbezahlbar.“

Alles, was um uns herum ist, flimmert ...
nur in meinem Land nicht ...

Es ist Weihnachten.

Kapitel 4
Etwas Heimat und viel Liebe

Schmerzschwelle

Ich habe die Tür meines Autos zugeknallt. Dann wollte ich laufen, allerdings konnte ich das nicht, mein Daumen verhinderte es. Er war zwischen Tür und Karosserie geblieben, er wurde vergessen.

Der Schmerz war so betäubend, dass ich Minuten brauchte, meinen Daumen zu befreien, um weiterzulaufen. Meine Laune war zwar gebrochen und mein Daumen blutete, aber ich wollte unseren Tagesplan nicht zerbrechen lassen. So liefen meine Kinder und ich mit meinen Schmerzen durch die Altstadt in Hamburg.

Nachts konnte ich nicht einschlafen, ich musste an meine Mutter denken. Die sagte nach einem arabischen Sprichwort: „Wer einen gebrochenen Knochen hat, kann nicht einschlafen." Darum bin ich aus dem Bett gesprungen und brachte mich mit der Hilfe des Navigeräts zu einem nahen Krankenhaus. Ich musste natürlich vor allem Formulare ausfüllen.

Die Fragen der Krankenschwester begannen auf mich herabzuregnen. Hier kann alles regnen, deswegen ist das Land äußerst grün.

Sie stellte fest, dass ich mich vor elf Stunden verletzt hätte und schimpfte: „Erst jetzt um fünf Uhr morgens sind Sie da! Warum haben Sie so lange gewartet?"

Ich antwortete unter Schmerzen: „Ich habe zwei Gründe. Erstens: Ich wollte das Programm für meine Kinder nicht verschieben. Zweitens: Ich wollte meine Schmerzschwelle austesten."

Sie: „Den ersten Grund verstehe ich, typisch Mutter, ich kann jedoch den zweiten nicht verstehen.“

Ich zu ihr: „Das ist typisch für mich.“

Sie: „Was ist das Ergebnis, wie finden Sie Ihre Schmerzschwelle?“

Ich: „Ich habe sie zuvor überprüft. Bereits als ich die Tür zu meiner Vergangenheit zuknallte, blieb mein Herz eingeklemmt. Mein Herz ist dabei sogar angebrochen. Bis jetzt konnte ich weder meinem Herzen helfen noch die Tür wieder öffnen. Mein Daumen hat Glück ... Mein Herz hat es nicht.“

Die Krankenschwester lachte mich freundlich aus, während mein Herz weinte.

Das Wetter übertreibt

Meine Kinder konnten anfangs nicht glauben, dass sie zur Schule gehen sollten, obwohl es noch Nacht war. Woher sollten sie wissen, dass ein neuer Tag begonnen hatte, wenn es draußen kein Anzeichen dafür gab? Sie waren neu in Deutschland und morgens war es sehr, sehr dunkel, wenn wir aufstanden. Wo war der neue Tag?

Inzwischen haben sie sich daran gewöhnt. Nur mich selbst kann ich noch nicht davon überzeugen, dass der Tag beginnt, wenn draußen noch Nacht ist. Das Wetter übertreibt doch!

Über mir hängt ein enorm dunkler, grauer Himmel wie aus Baumwolle. Im Wetterbericht gibt es dafür immer wieder nur ein Wort: Es ist bedeckt. Es wird bedeckt sein. Es bleibt bedeckt. Wovon wir bedeckt werden, das wird nicht berichtet.

Mein Problem ist, dass ich im heiteren Teil der Welt aufgewachsen bin, wo die Sonne jeden Tag an die Fenster klopft. Sie ist unser göttlicher Wecker. Tag für Tag.

Tag für Tag fühle ich mich, als hätte mich jemand in ein feuchtes Baumwollbündel gepackt und weggerollt. Aber meine Haltung bleibt gerade, und ich kämpfe weiter mit meinen eigenen Farben ... Vielleicht hat es gar nichts mit dem Wetter zu tun, dass mir immer kalt ist und mein Körper zittert.

Vielleicht habe ich nur meine eigene Sonne auf der Flucht verloren. Vielleicht lässt die Sehnsucht mich zittern, sie lässt nicht ab von mir.

Es könnte noch viel anderes sein. Aber kalt ist mir auch und es ist dunkel.

Das Wetter übertreibt hier.

An der Haltestelle

Ich stand an der Haltestelle, las die Abfahrtszeiten und fragte mich, warum werden die Sekunden nicht auch noch genannt. In solchen Momenten wird hier die Zeit genau bewertet, das ist ja überpünktlich!

Wir sprechen bei uns von der Zeit sehr locker mit einer sehr geliebten Vorsilbe, circa ... ungefähr ... gegen. So wurden unsere Termine vereinbart mit genügend Luft für eine breite Verspätung, ob ich damit einverstanden war oder nicht, das ist eine andere Geschichte.

Es war meine erste Zeit in Deutschland, und ich wollte die Pünktlichkeit der Öffentlichen Verkehrsmittel ausprobieren, so wie ich auch Hunderte von Brotsorten ausprobieren wollte. Die wichtigen Signale der deutschen Sprache erfassen wollte.

Es war eine interessante Aufgabenliste entstanden:
Im Urlaub ein Buch lesen.
Ein Viertel einer Wassermelone kaufen.
Über das Wetter ständig klagen.
Oder auch allgemein immer jammern.

Ohne zu schreien, wird die Straßenbahn bei bestimmten Stellen und genauer Zeit stoppen. Nur bei uns können alle Mitfahrer mit ihrer Stimme rufen, wo sie aussteigen wollen, oder man steht an der Straße, hebt seinen Arm und die Straßenbahn hält - und eben nicht nur an Haltestellen.

An der Haltestelle exakt um 8:24 Uhr hielt die Straßenbahn, wie es auf dem Fahrzeitenzettel geschrieben war. So pünktlich und gemütlich.

Interview

Kein Feedback ... er setzt die gleiche Mimik auf ...
Ihm egal, was ich erzähle ...
Fast immer habe ich Selbstvertrauen ...
Aber seit ich mich in einer neuen Sprache ausdrücken muss ... habe ich ab und zu kleine Zweifel ...
Diese Zweifel liegen komplett an der Sprache ...
Sonst spiele ich ohne Zweifel mit den Worten ...
Verstecke die Bedeutung ... wo ich will ...
zwischen den Zeilen ... hinter den Worten ...
Wahrscheinlich bleibt sie sogar in meinem Herzen eingeschlossen.
Ich kann die Menschen zum Lachen bringen oder zum Weinen ...
Er aber zeigte gar keine Reaktion ... nur leblose Augen.
Sein Kopf schaute stur geradeaus.
Dann hörte ich auf mit dem Sprechen ... und stellte ihm eine Frage ...
Verstehen Sie mich überhaupt ... oder ist Ihnen mein Deutsch zu unverständlich?
Da lachte er endlich ... sagte: Nein ... Sie sprechen doch toll Deutsch ... aber ich ... Ich kann während meiner Arbeit nicht einfach lächeln.
Ich konnte mit meinem Interview weitermachen.
Nachdem er ein leeres Blatt vor sich gelegt hatte ... schrieb er darauf ...
„LÄCHELN“
Darunter schrieb ich zusätzlich: bedeutet ... „ÜBERLEBEN!“

Seepferdchen

Die Nutzung eines Schwimmbads in Syrien ist so vielfältig. In einem Schwimmbad gibt es meistens vier Schwimmbecken: Zwei im männlichen Bereich, für Kinder und Erwachsene, zwei im weiblichen Bereich, auch genauso. Entlang der Schwimmbecken sind viele Zimmer, die mit einem großen Esstisch und Stühlen oder Sofas möbliert sind, diese türlosen Räume sind für jede Gruppe gedacht.

Manche bringen das gekochte Essen mit. Und hier meine ich selbstverständlich keine Pommes. Apropos Pommes, diese stehen bei uns in der Vorspeisen-Liste. Es hat jedenfalls nichts mit dem Hauptmenü zu tun.

Also bis etwa 18 Uhr wird geschwommen. Dann werden die Lichter mit dem Wasser spielen, die farbigen Lichter spiegeln sich auf dem Wasser, es sind wunderbare Bilder. So beginnt das Schwimmbad sich zu verwandeln.

Um das Bad herum wird gegrillt, getanzt, gekocht, gesungen oder auch Musik gespielt. Die Musiker mit ihren Instrumenten müssen Schwimmer sein.

All das wird auch hier gemacht, allerdings nicht im Schwimmbad. Hier ist alles spezialisiert, begrenzt, befristet, auch die Stimmung. Die arme Stimmung.

Letztens waren wir im Schwimmbad in Bochum, da hatten meine Kinder mit einem syrischen Kind ein kurzes Gespräch. Das Kind fragte meinen Sohn: „Kannst du schwimmen?“

Mein Sohn ganz stolz: „Ja sicher, ich habe schon das Seepferdchen."
Das Kind: „Was ist denn das Seepferdchen?"
Mein Sohn, schon sauer: „Das heißt - zwei Meter tief tauchen, Ringe holen, ohne Pause rückenschwimmen, vom Ein-Meter-Brett springen."
Das Kind erstaunt: „Also sag mal einfach, kannst du schwimmen?"

Der Rettungsschwimmer hat im Schwimmbad bei uns eine andere Aufgabe als in Deutschland, und zwar: Die Nichtschwimmer zu ermutigen und zu motivieren, schwimmen zu lernen, indem er sie plötzlich ins Wasser schubst. Im Prinzip sind die Ziele gleich, nur das Umsetzen ist bei uns anders.

Ein Schwimmlehrer in meinem Land hat verschiedene Ziele am Ende des Kurses zu erreichen, die Geschenke der Eltern helfen garantiert dabei, das Ziel zu erreichen. Ein Ziel von ihnen wäre jedoch niemals das Seepferdchen.

Das Exil

Sie macht das Radio an.

Und sofort wieder aus.

Es war ihr eine Horrorvorstellung, was vom Radio durch die Luft gesandt wurde. Sie versucht mit ihren Fingern den Worten einen Weg ins Gehirn zu bahnen.
Ganz vorsichtig schaltet sie noch mal das Radio an.

Die gleiche Sprache, nur nun mit einer anderen Stimme. All diese Sendungen sind ihr momentan ... schrecklich ... und stressig.

Sie wechselt die Kanäle ... Die Zahlen auf dem Display zeigen ihr, dass sie bei einem anderen Kanal gelandet ist, andernfalls hätte sie dies nicht wissen können. Das Radio in ihrer Muttersprache wird sie vermissen ... ein Lied ... ein Kochrezept oder auch die bedauerlichen Nachrichten.

Auf der Straße schaut sie sich um ... versucht dieses Mal die Gesichter der Menschen zu verstehen ... Jedoch sind sie ihr noch fremder. Sie kann keine Übersetzung für die Menschen hier finden ... sie ist vollkommen gelähmt.

Sie kneift sich, um zu erwachen ... aber sie ist doch wach ... dann ist das ihr Exil. Das Exil fängt mit einer Radiosendung an ... mit dem Zeitunterschied zwischen heute und gestern ... dort und hier ...

Es beginnt mit der Wahrnehmung des grauen Himmels und endet nie ...

Jede Nacht

Jede Nacht packe ich meine zwei Sachen
und ziehe um.
Von Deutschland nehme ich meine Armbanduhr mit
und Augentropfen.

Ich warte, bis die Dunkelheit kommt,
dann schleiche ich über die Grenze,
wie ein Phantom,
und erwache in meiner Stadt,
Damaskus.

Unendliche Geschichten reihen sich aneinander.
In Damaskus ist die Nacht ein anderes,
intensiveres Leben,
eine Nacht dort ist wie tausend Nächte hier.

Damaskus verschließt ihre Augen nicht vor uns,
aber eines ihrer Augen ist verwundet.
Sie kann uns kaum sehen ...
Meine Stadt mit den strahlenden braunen Augen,
von der auch ich meine Augen bekam.

Ich setze mich zu ihr,
sie schenkt mir einen Kaffee ein
und erzählt von neuen Menschen,
die kamen und in die historischen Häuser zogen.
Die Häuser sind andere geworden
mit den Menschen, die sie jetzt bewohnen.
Sie weint
und erzählt:

Die Gesichter in der Stadt haben ihr Lächeln verloren.
Das Glück wurde zerbombt.
Straßen brechen auseinander.

Die Menschen, die ich kannte,
sind geflohen
oder sie wurden getötet.
Oder träumen von der Sonne.

Wie mein Auge
hat die Zukunft ihr Licht verloren,
sie wurde verletzt.

Was sicher war,
ist nur noch eine Erinnerung.
Den Frieden sehe ich nicht.

Dann schweigt Damaskus.

In ihr Auge gebe ich die Tropfen,
die ich für sie mitnahm,
um sie zu heilen,
meine Liebe.
Ich setze mich neben sie,
trinke meinen Kaffee,
bis sie schlafen kann.

Meine Armbanduhr erinnert mich.
Es ist Zeit,
ich muss in die Gegenwart zurück.
Ich stehe auf,

höre auf zu träumen,
bis es Abend wird.
Dann packe ich meine zwei Sachen
und ziehe um.

Ich komme aus der Stadt des Jasmin

Ich komme aus einem Land,
das meine Seele immer noch festhält,
in dem ich meine schönsten Jahre verbrachte,
in dem es einen besonderen Duft gab,
überall,
aber leider nicht mehr.

Der Duft des Jasmin
ist überdeckt
vom Pulvergeruch der Patronen,
der Angst, vom Gestank des Todes.
Jetzt stirbt jede Minute eine Hoffnung.

Ich komme aus der Stadt des Jasmin,
und ich schloss in meinem Herzen
viel von ihr ein,
als ich sie verließ.

Wenn ich von Damaskus erzähle,
riechen die Menschen,
die mir zuhören,
den Duft dieser Blumen,
und sie sehen
sie in meinen Augen.

Der Körper ist wach, der Kopf schläft

Der Wecker klingelt. Es ist 6:30 Uhr. Mein Körper ist aufgestanden, mein Kopf noch nicht. Aber unser Alltag muss anfangen.

„Mama, wo ist meine Socke?“
„Da, neben deiner Hand!“
„Ach ja! Du siehst immer alles, Mama!“
„Nun mach, lass uns eilen! Wir müssen deine Schwester noch zu Oma bringen, dann dich zum Kindergarten, und ich muss danach zur Arbeit.“

Der Wecker klingelt. Aber ich bin doch schon wach? Ich war in der Vergangenheit. Das alles ist schon sehr lange vorbei. Meine Mutter wohnt in einem fernen Land, sehr weit von mir. Dorthin kann ich meine Tochter auf keinen Fall bringen. Ich kann mir das Gesicht meiner Mutter nur vorstellen. Den Kindergarten meines Sohnes ...
Peng.
Es gibt ihn nicht mehr.
Unsere ganze Straße liegt in Asche.
Der Alarmton war noch eine Stimme in meinem Traum.
Der Wecker in meinem Traum.
Er hat geklingelt, oder?

Alt

Wenn ich alt sein werde
werde ich vor allem dich vergessen ...
Wie spannend das sein wird ...

Wenn ich alt sein werde,
werde ich unbedingt die Jahre des Krieges vergessen ...
Wie schön das Leben sein wird.

Wenn ich alt sein werde,
werde ich nach Hause zurücklaufen ...
Warte auf mich ...
bei irgendeiner Grenze werde ich ankommen können,
genauso wie die Zeit, in der ich alt sein werde,
kommen wird.

Wenn ich alt sein werde,
erinnere mich immer daran, dass ich mein
ganzes Leben von Damaskus geträumt habe ...
Ihre Luft gerne geatmet habe ...
obwohl ich weit von ihr entfernt war ...
Und von dir ...

Wenn ich alt sein werde,
sei bitte auch alt ...
Und vergiss, wie ich dich allein
mit deiner Sehnsucht ließ ...
sei ein Vergebender ...
Dann könnten wir sogar zusammen vergessen ...
Sei einfach dabei ...

Wenn ich alt sein werde ...
Und vergesse meinen Eyeliner anzubringen ...,
dann tu du es ...
Mal mir meine Augen wie immer
mit meiner Lieblingsfarbe an ...
Lass mich nicht allein mit meinem neuen Gedächtnis ...

Wenn ich alt sein werde
und die Falten in meinem Gesicht Geschichten sind,
dann setz dich ...
Und lies sie ...
die kleinen und großen Geheimnisse,
die ich so tief vor dir versteckte ...

Wenn ich alt sein werde,
werde ich dich mit Absicht vergessen ...
Um dich dann noch einmal
ganz von Anfang an kennenzulernen ...
So außergewöhnlich bist du.

Eine Geschichte wie unsere ...
sollten wir viele Male erleben ...

Etwas Heimat

Eine Freundin ist von Damaskus nach Bochum geflogen,
vorher fragte sie mich, ob sie mir etwas mitbringen soll.
Da habe ich ihr geschrieben:

Etwas von dem Weg.
Ein Stück der Sonne.
Und viel von dem Jasmin.
Etwas vom Barada Fluss, um die Gedächtnisse meiner
Kinder, die hier groß werden, zu begießen.
Etwas von dem Weg, bring es mir bitte mit,
versteck es in der geheimen Tasche deines Koffers.
Versteck es, ich brachte es einst mit,
dann sollte ich es ins Meer werfen,
um die Balance des Schlauchbootes zu bewahren,
um die neuen Wege beschreiten zu können.
Etwas Heimat.
Einen Stein von meinem alten Damaskus
und vom neuen.
Einmal Kaffee,
der die fremde Maschine nicht anerkennt.
Einmal Kaffee, der nach Heimat schmeckt.
Etwas vom Duft oder doch von seinem Duft,
seinem Duft, als wir uns verabschiedet haben,
ohne den Moment zu umarmen,
ohne uns zu umarmen.

Komm gut nach Hause

Damals sagte mein Vater mir: Fahr so schnell, wie du willst, nur musst du wissen, wann du bremsen musst. Vor allem musst du dich auf deine Bremse verlassen können.

Er wusste, dass ich am liebsten auf der Überholspur fahre.

Ich bin momentan in einem Teil der Erde, wo ich sogar auf gewissen Stücken der Autobahn unbegrenzt schnell fahren kann. Jedes Mal, wenn ich auf der Autobahn fliege, entwickeln sich die Worte meines Vaters als Verkehrsschilder, und ich stelle mir sein lächelndes Gesicht vor.

Hier fahre ich langsamer, bis ich an dem letzten Schild anhalte. Darauf steht: Komm gut nach Hause. Ich halte an und frage mich nun, welches Zuhause meinte mein Vater?

Im Aufzug

Wenn wir in einem Aufzug hängen blieben ...
Wenn wir uns eine Weile von
dieser Tatsache trennen könnten ...
Wenn wir zwischen Himmel und Erde schwebten
und weder ihm noch ihr gehörten,
dann gehörten wir nur uns ...
Wenn wir uns doch so in einem Teil
der riesengroßen Welt treffen könnten,
auch wenn es nur ein Aufzug wäre ...
Dann würde ich dir alles gestehen ...
Wie ich dich vermisst habe und immer noch vermisse ...
Wie ich ohne dich zu allein gewesen bin ...
Du müsstest es spüren.
Wie ich im Geiste mit dir durch die Straßen
meiner neuen Stadt gelaufen bin ...
Nur in meiner Illusion.
Wie schön es gewesen wäre,
wenn ich in irgendeiner Stadt gewohnt hätte,
in der ich dich zufällig hätte treffen können ...
Wie das Leben geschmeckt hätte ...
Dann würde ich dir alles erzählen können
Wie viele Briefe ich geschrieben habe
und sie dem Wind anvertraute.
Frag die Damaszener Brise nach meinen Worten.
Wenn wir in unserem Fahrstuhl gewesen wären,
dann könnten nur wir nach oben.

So weit kein Mensch kommen kann.
Wohin uns kein Lift bringen würde.
Nur mit dieser Sehnsucht könnten wir höher
als alle anderen sein.
Die Tür ist auf ...
Der Wartende schaut mich an
und ich sehe sehr tief in mich hinein ...
Sehr genau ... sehe dich und lächle.
Der Wartende steigt wieder aus,
nur ich kann hier noch nicht aussteigen ...

Herr Beamter

Sehr geehrter Herr Beamter,

anbei sende ich Ihnen alle gewünschten Unterlagen und auch meinen Lebenslauf bzw. den Lauf meines neuen Lebens:

Ich konnte es damals, als ich noch Ausländer war, nicht verstehen, warum man sich beraten lassen sollte. Allerdings ist die Beratung vollkommen notwendig. Das sagt auch ein alter arabischer Denkspruch: Ein Ratschlag kostete ein Kamel. Also lasse ich mich immer und überall beraten!

Ich habe einen vollen Kalender, mein Jahr ist schon durchgeplant. Gäste ohne Vorankündigung empfange ich nicht mehr, kein Platz in meinem neuen Leben für die Spontaneität, gegen die Spontaneität habe ich bereits eine Allergie. Ich kenne mich nicht mehr, meine alten Bilder sagen mir nichts.

Ich meckere ständig wegen des Wetters, und zwar bei jedem Wetter!
Ich schimpfe über alle Politiker, außer die SPDler. Mich stören die dauerhaften Verspätungen der Deutschen Bahn.
Den Müll trenne ich sehr genau und weiß, dass derjenige, der das nicht tut, bestimmt einen Migrationshintergrund hat. Vorurteile kann ich bereits sehr gut äußern, oder?

An die Umwelt denke ich immer, und an die Welt ab und an. Die Welt kann erst untergehen, wenn es der Umwelt nicht gut geht, umgekehrt jedoch kann nicht viel passieren.

In meiner Freizeit fahre ich Fahrrad, gehe schwimmen, treibe Fitness oder plane meine nächste Freizeit. Sie darf nicht frei bleiben.

Ich verstehe schon die kalten Witze und lache über sie. Meinen Humor lasse ich meistens zu Hause, zur Arbeit schleppe ich mich mit der Hilfe des gefilterten Kaffees.

In der Küche opfere ich die Kartoffeln nicht mehr wie früher. Da hatte ich immer die Kartoffeln ganz unten in den Topf gelegt, damit keine andere Zutat verbrennt, damals, als ich ausländische Gewohnheiten hatte, war ich zu den Kartoffeln rechtsradikal. Nun bin ich ihnen treu, mache alle Kartoffelsalat-Sorten und opfere dafür die Karotten. In der Hoffnung, dass Sie keine persönliche Beziehung zu den Karotten haben.

Ich lasse die Fenster gekippt, so etwas ist herrlich. Das ist eine deutsche Erfindung, die mich überzeugt hat, wie besonders es ist, Deutsch sein zu können. Ich bin bereit, Deutsch zu sein, Herr Beamter.
Eine Regenjacke sowie einen Regenschirm habe ich immer im Auto.

Ich habe bereits so viele Berater, dass Sie mich nur als Deutsche betrachten können, zählen Sie an Ihrer Hand,: Ihrem Daumen: Energieberater, Zeigefinger: Versicherungsberater, Mittelfinger: Steuerberater, Ringfinger: Beziehungsberater, Kleiner Finger: Entsorgungsberater.

Ich habe so viele Verträge, von Kaufvertrag bis Versicherungsvertrag, ich bin so was von versichert, mir kann nichts passieren, auch wenn Gott es will. Ich bin selbst gegen das Schicksal versichert, wenn es nicht in meinen Plan passt, wird es mir von der Versicherungsgesellschaft erstattet.

Ist das nicht toll, Herr Beamter?

Herr Beamter, genehmigen Sie bitte meinen Antrag auf deutsche Einbürgerung, und ich verspreche Ihnen, noch deutscher als die Deutschen zu werden. Glauben Sie mir, ich kann es!

Wasser trinken!

Ich habe diesen kurzen Film noch im Kopf, wo meine Oma ihren Nachbarinnen Antibiotika mit dem morgendlichen Kaffee verabreichte. „Mein Enkel, der Medizin studiert, brachte mir so viel, er meinte, er bekomme die Antibiotika, um Werbung für die Firma zu machen. Ich sagte ihm, Antibiotika brauchen doch niemals Werbung. Er lachte, gleichzeitig nahm ich die Produktproben."

Während meine Oma sich in der Vergangenheit mit ihren Nachbarinnen amüsierte und man sich dabei gegenseitig Antibiotika schenkte, sitze ich gegenwärtig weinend mit ungeheuren Schmerzen im Wartezimmer beim Arzt und warte auf die deutsche Therapie.

WASSER TRINKEN, sagte mir der Arzt, nachdem ich ausführlich, zusammenfassend, lang und schmerzvoll meine Beschwerden erklärt hatte. Ich redete mehr als der Arzt, der ja in der Regel mehr zu sagen hat als die Patienten. Allerdings zweifle ich mittlerweile an mir und den in meiner Heimat gemachten Erfahrungen: Ich weiß nicht, ob meine Oma recht hat oder der Arzt. War ihr Rezept effektiver oder ist es seins? Wenn meine Oma bereits im letzten Jahrhundert Antibiotika wie Kekse beim Kaffeetrinken verteilte, wieso verschreibt mir der Arzt Wasserflaschen? Wo bleibt die Werbung, die mein Cousin einst machen durfte? Die Krankenkasse wird hier und heute verschont, die Schmerzensträgerin jedoch nicht.

Seit wann leben Sie in Deutschland?

Irgendwann hörte ich auf, die Tage, die Monate und die Jahre zu zählen, die ich nicht in meiner Heimat verbrachte. Inzwischen muss ich nachdenken, bevor ich die berühmte Frage beantworte, wie lange ich in Deutschland sei. Ich biege meinen Kopf ein bisschen nach links, wahrscheinlich weil mein Herz mitdenken soll, rolle meine Augen nach oben, in Richtung Gedächtnisabteilung, dann bekommen meine Lippen den Sprechbefehl: seit September 2015.

Ich merke, ich weiß nicht mehr wie lange, jedoch seit wann.

Es ist die Flucht, sie verlässt den Kopf nie, selbst wenn ich meinen Kopf nach links biege und meine Augen Richtung Himmel bewege!

Anhang

Weil ich nicht ertrunken bin
Einige Fragen an Nahed al Essa (von Ralph Köhnen)

Wann bist du aus Damaskus nach Deutschland aufgebrochen, was hat dir den letzten Anstoß dafür gegeben?

Die Frage kommt mir ein wenig bürokratisch vor, ich würde sie jedoch unbürokratisch beantworten. Wir sind aufgebrochen, als ein Kind vom Kindergarten meiner Tochter auf dem Heimweg durch eine Bombardierung ums Leben kam, als ich zweimal innerhalb Damaskus flüchten musste, um in einem relativ sicheren Stadtteil unterzukommen und dem Lärm der Luftangriffe zu entkommen. Als nach jedem Überlebensversuch jemand aus meiner Umgebung starb. Und als ich meinen Bruder verlor, verlor ich mit ihm das lächelnde Gesicht meines Vaters und die große Seele meiner Mutter. Mit meinem Bruder verlor ich meinen Glauben an die Heimat. Meine Heimat ist zu einem Massengrab geworden!
Als ich bei der Arbeit meine Meinung gegen den Kriegsverbrecher Assad und seine Regierung nicht ausdrücken konnte, wurde es mir klar, ich muss für meine Kinder und mich einen sicheren Hafen suchen. „Wir müssen hier weg“, sagte ich zu meinen Kindern, die in dieser Zeit viel kleiner als mein Fluchtplan waren, aber in meinem Herzen größer als meine Angst vor der Flucht!

Blickst du noch oft über die Schulter zurück? Bei welchen Gelegenheiten?

Wenn ich in den Winterzeiten scheinbar ‚nachts‘ aus dem Haus muss und mich vor dem Sonnenaufgang hinter dem Lenkrad befinde, um zur Arbeit zu fahren, blicke ich über die Schulter.

Hast du dich an das Wetter gewöhnt?

Werde ich, hoffentlich! Wie kann ich mich ans Wetter gewöhnen, wenn die Sonne nach mir aufsteht? Ich schlafe weiter hinter dem Lenkrad und auf dem Bürostuhl, allerdings mit offenen Augen, bis zum – bei gutem Wetter – Sonnenaufgang. Da erst fängt mein Tag an, daher ist mein Jahr viel kürzer als das eigentliche Jahr! Letztlich hörte ich im Radio die Zahl der Stunden des Sonnenscheins, da konnte ich erst verstehen, warum vieles in Deutschland pro Stunde gezählt, bezahlt oder gerechnet wird. Also hat das wahrscheinlich mit dem Sonnenschein viel zu tun. Wenn meine Jahre weiter so kurz bleiben, werde ich bestimmt nicht älter werden. Oder ich gewöhne mich an das Wetter und habe dafür das ganze Jahr für mich. Das werde ich, hoffentlich!

Die arabische Schrift läuft in die gegensätzliche Richtung wie die der europäischen Sprachen. Schaut man da anders, liest man anders und schreibt man anders?

Ja, und man träumt, denkt, tanzt und freut sich von rechts nach links. Es ist sowohl Schriftrichtung als auch Kultur oder Lebensrichtung. Ich bin stolz darauf, diese Richtung im Herzen aufrechtzuerhalten.

Welche Laute des Arabischen sind für Deutschsprechende schwierig? Welche sind es für dich aus der deutschen Sprache?

Der Buchstabe ‚Ha', den es auf Deutsch nicht gibt, ein Ersatz dafür ist der Buchstabe ‚H'. Das beste Beispiel dafür wäre das Wort Liebe, auf Arabisch Alhub.
Auf Arabisch gibt es nur ein E, ob das I, E oder Ä ist, wird nicht unterschieden. Das Gleiche gilt für den Buchstaben O, diese Erweiterung mit den vier verschiedenen und gleichen O, Ö, U, Ü hat meine Muttersprache nicht; deshalb musste ich in der ersten Zeit meine Zunge brechen. Ich bemühte mich, weil das Wort ‚bemühen' von mir ja viel Mühe brauchte. Dass ich einen Akzent in der deutschen Sprache habe, ist normal, denn ich bin mit der Sprache nicht aufgewachsen, jedoch wurde mir neulich gesagt, ich hätte einen Akzent im Arabischen. Vielleicht liegt das darin, dass ich den deutschen Pass bekam!

Deine Lieblingsblume ist der Jasmin – hast du in Deutschland etwas Vergleichbares gefunden?

Eine gute Freundin und gleichzeitig Arbeitskollegin trug für mich täglich die Jasminblumen, sie kam ins Büro mit vollen Händen. Der Jasmin füllte ihre Hände und mein Herz! Diese Leere wurde bedauerlicherweise nicht nachgefüllt. Der Jasmin ist mehr als eine Blume, er war ein Zeuge bei vielen vergangenen Ereignissen und prägt schöne Erinnerungen.

Auto fahren in Syrien und hier – welche Unterschiede gibt es?

In Syrien konzentriert sich jeder Fahrer auf den Verkehr und nicht auf die Verkehrsschilder! In meiner neuen Heimat Deutschland wird vieles vorangekündigt: „In 10 km

Baustellenarbeiten“, das nächste Schild kommt natürlich nach 5 Kilometern, um zu versichern, dass es „in 5 km Baustellenarbeiten“ gibt ... und so geht das allmählich, bis man an der Baustelle vorbeifährt. Das komplizierteste Schild war am Anfang für mich: „Vorsicht Beschleunigungsgefahr“. Warum soll die Beschleunigung eine Gefahr sein?! Ich stelle mir das Schild in Damaskus mit einer kleinen Abweichung vor: „Beschleunigungsspaß! Genießt es!“ Oder: „Ab hier wird es schneller und lustiger!“ Die vielen Verkehrsschilder beweisen mir aber auch immer wieder eins – Bürger in Deutschland haben ihre Bedeutung. Einen solchen Luxus hatten wir in Syrien nicht, in Syrien lässt man sich gerne überraschen. Wir wurden nie auf die nächste erwartete Gefahr vorbereitet oder für unsere Geduld belohnt: „Vielen Dank für Ihr Verständnis!“

Was ist hier anders in der Kindererziehung?

Dass die Kinder in Syrien bei keinem Verein angemeldet werden. Der Verein, zu dem jedes Kind gehört, sind die Nachbarschaft und die Familie. Sie spielen barfuß vor der Haustür und können dennoch später teure Schuhe anziehen und begleitet von den Eltern zu einem familiären Ereignis gehen. Von einem Kind werden keine Leistungen erwartet, es soll erst langsam in das ernste Leben hineinkommen. Hier steigen die Kinder zu früh in den ICE und verlieren dabei viele ihrer Spielzeuge, Hoppe und ihre Freude. Seitdem ich in Deutschland bin, sind meine Erwartungen an meine „tollen“ Kinder deutsch geworden, ich kann ja keine syrische Erziehung in einem deutschen Zug einführen.

Kannst du dir vorstellen, irgendwann einmal nach Syrien zurückzugehen?

Das wäre schwer. Ich habe zwar meine Erinnerungen an Syrien, jedoch mein Jetzt und meine Zukunft sind in Deutschland. Ich vermisse zwar mein altes Ich, es wäre allerdings nicht leicht, es wiederzubekommen. Ich musste mich ändern, anpassen, um hier anzukommen. Ich bin nicht mehr spontan, sondern pünktlich. Ich bin nicht mehr gelassen, sondern praktisch. Ich habe nicht so viele Freunde, aber echte. Ich vermisse die Damaszener Dame, die im Herbst 2015 hier ihr zweites Leben anfing, ich kann sie wahrscheinlich nie wieder treffen.
Nach Damaskus sehne ich mich, und würde gerne die Stadt des Jasmin besuchen, sobald der Kriegsverbrecher Assad weg ist.

Andere/s Sehen:
Kurzprosa und Lyrik von Nahed al Essa

Ralph Köhnen

Welche Verzweiflungen, welche Hoffnungen treiben Leute, die zur Migration gezwungen werden, um? Lassen sich daraus Erzählungen machen, obendrein mit literarischem Anspruch?
Nahed al Essa, 2015 mit ihren Kindern aus Syrien nach Deutschland geflüchtet und dann in Bochum, neuerdings in Hamburg lebend, hat die deutsche Sprache sehr schnell gelernt – und sie dann nicht nur zur Alltagsverständigung, sondern als Ausdrucksmittel für ihre Fremderfahrungen genutzt.
Es wird damit ein Textgewebe aus Erinnerungen, neuen Alltagserfahrungen und Zukunftsblicken zwischen Damaskus und Bochum (es könnte jede andere Stadt der Bundesrepublik sein) gespannt. All die Vergleiche von Alltagsepisoden, von Gehörtem und Gesagtem, von dem, was man riechen kann (Jasmin!), sehen oder fühlen – es werden damit interkulturelle Diskrepanzen angeregt, die manchmal zu Konfrontationen werden, dann zu liebevollen Versöhnungen. Rückblicke auf Ankunftsszenen werden mit neuen Eindrücken konfrontiert, man bemerkt Annäherungsprozesse, und zwar fast immer aus Alltagsbegegnungen mit lebendigen sinnlichen Eindrücken. Die Rückblicke auf Damaskus mögen auch konstruktiv sein, kreative Ausschmückungen von ‚Fakten', wie sie die Wahrnehmung immer hinzutut – und doch scheint auch die syrische Vergangenheit im Blick auf die Gegenwart frische Konturen zu gewinnen, ja in

allen Krisensituationen noch deutlichere Formen anzunehmen.
Schließlich bauen die Texte transkulturelle Wahrnehmungsräume, die mindestens drei Möglichkeiten bieten. Einmal eine Perspektive für die Hiesigen - wir bekommen unseren Alltag mit dem frischen Blick von außen mitgeteilt, lernen unsere Gewohnheiten als Schrulligkeiten kennen und erhalten dadurch die Fähigkeit, festgefahrene Sicht- und Verhaltensformen zu hinterfragen, vielleicht abzumildern oder mit neuen Nuancen auch zu ändern. Dies entspricht dem Projekt des ‚neuen Sehens' der klassischen Moderne in Kunst und Literatur, die alle empirischen Wirklichkeiten mit ihren scheinbar festgeschriebenen Gesetzen durch den fremden, oft kindlichen, experimentellen Blick auf den Prüfstand bringen wollte, um eigene Verhältnisse und Umgebungen anders sehen zu können.
Zweitens wird aus dieser Haltung heraus dann auch das Ausdrucksmittel - hier die Sprache selbst - befragt und um neue Formen erweitert. Dies ist auch prinzipiell ein Angebot, das anspruchsvolle Migrationsliteratur macht, solche jedenfalls, die sich neben Themen und Problemen auch der Sprache selbst zuwendet und ihr auch für native speaker frische Seiten abgewinnt. Schließlich und drittens werden mit den kurzen Erzählungen und Gedichten interkulturelle Räume der Verständigung aufgebaut - als Möglichkeitsräume, um Differenz in eine spielerische Tätigkeit zu bringen. Darin liegt die politische Chance, und diese literarische Absicht wird hier weit entfaltet mit ganz unterschiedlichen Sehweisen und Möglichkeiten.

Die Autorin hat sie in zahlreichen Leseperformances entwickelt, immer wieder auch Texte revidiert, korrigiert, Fragen des Publikums aufgegriffen und Teile ergänzt, sodass diesem ersten Buch in deutscher Sprache schon ein dialogischer Entstehungsprozess zugrunde liegt – hierin spiegelt sich das Entwicklungsthema, das das ganze Buch durchzieht. Damit wird aber auch für andere die Möglichkeit geboten, im Wortsinne Erlebtes ‚auf die Reihe zu bringen', ihm eine erzählerische Linie zu geben und aus Erfahrungen Sinnkomplexe zu prägen.
Damit soll nicht zu optimistisch oder gar naiv angenommen werden, dass es in extremen Fällen genügen würde, die eigene Geschichte zu erzählen. Im Fall eines Traumas etwa (griechisch ‚trauma' bedeutet wörtlich ‚Wunde'), womit der plötzliche Anprall von negativen, unbewältigbaren Energien bezeichnet wird, liegt der Schmerz noch vor der Sprache, er ist ins Unbewusste gedrängt und muss dort überhaupt erst therapeutisch herausgelöst werden. Versprachlichung wäre dann bereits eine erste Bewältigungsstufe, wenn die Ereignisse aus dem Verdrängten in einen Bereich des Bewusstseins gehoben werden. Sofern aber die Konflikte schon Sprachform angenommen haben und artikuliert werden können, bieten Erzählungen eben auch die Chance, sich zu organisieren, und für die Zukunft: die eigenen Nuance zu produzieren, den Möglichkeitssinn zu trainieren und andere daran teilhaben zu lassen. Literatur ist soziale Praxis – darin ist das Buch vorbildlich und ist ihm ein breites Publikum zu wünschen.

Inhaltsverzeichnis